MW01046797

ALFAGUARA
INFANTIL Y JUVENIL

© 1999, Fernando Krahn
© De las ilustraciones: Fernando Krahn
© De esta edición:
Aguilar Chilena de Ediciones S.A.
Dr. Aníbal Ariztía 1444, Providencia
Santiago de Chile
www.librosalfaguarainfantil.com/cl

ISBN: 956-239-066-7
Inscripción N° 107.289
Impreso en Chile/Printed in Chile
Decimotercera edición en Chile: marzo 2013

Diseño de la colección:
Manuel Estrada

Una editorial del grupo **Santillana** con sedes en:
España • Argentina • Bolivia • Brasil • Chile • Colombia •
Costa Rica • Ecuador • El Salvador • EE.UU. • Guatemala •
Honduras • México • Panamá • Paraguay • Perú • Portugal •
Puerto Rico • República Dominicana • Uruguay • Venezuela

Un paseo al campo

Fernando Krahn

La familia Pocacosi se fue de paseo al campo.
Iban saltando por un camino de tierra, cuando
papá Máximo le dijo a Divina, su mujer, y a sus hijos:
—Tengo una gran sorpresa para todos ustedes.

Detuvo el automóvil, se subió a una roca
e hizo su anuncio.

—Ese árbol que ven ustedes allí,
y todos los cerros que lo rodean,
nos pertenecen. Los he comprado –dijo.

La familia rodó feliz cerro abajo

hasta chocar con el tronco del árbol.

—¡Oh, Máximo! –exclamó Divina, su esposa–.
¡Adoro este lugar!

—Está bien, muy bien –contestó Máximo–.
Pero el campo me da mucha hambre.
¡Vamos a comer inmediatamente!

Máximo y Divina bajaron la cesta de picnic
hasta el pie del árbol.

Máximo extendió el mantel y Divina, a quien
le gustaba inventar aparatos y cosas, sacó su más
reciente invento: un pelador de huevos duros.

Luego, de acuerdo a la tradición familiar,
prepararon salchichas asadas y ensalada de cebolla.

14

Parte de la tradición familiar
era también el famoso llamado a comer.

Pero la pequeña Octavia no venía.
Se había quedado enredada en una rama.

Toda la familia fue al rescate.

Y cuando Octavia estuvo fuera de peligro,

se sentaron todos silenciosamente en la copa del árbol
a admirar la tranquila vista de los cerros y el campo.

—Quédense allí un minuto –dijo papá Máximo–.
Tengo otra sorpresa en el automóvil. Ya vuelvo.

Y regresó con una gran bolsa.
—¡Esto es lo que está de moda!
¡Una carpa para los árboles!

La familia se dividió en dos grupos.
Tirando de la izquierda estaban: Máximo,
Segundo, Tercio, Quintín y Séptimo.

Tirando de la derecha estaban: Primo, Sixto, Cuarto, Octavia y Divina.
Pronto la carpa estuvo armada.

Cuando todos estuvieron dentro de la carpa,
la rama que la sostenía empezó a doblarse.

¡Ahora todos estaban en peligro!

—Mejor será que armemos la carpa en el suelo
–dijo Máximo–. Lástima que ya no podremos
gozar de la preciosa vista.

—Por eso no te preocupes –dijo Divina–. Yo
puedo resolver eso. Pero ahora vamos a comer.
¡La comida está casi fría!

Divina había traído su periscopio.
Y todos pudieron gozar de la vista igual que si
hubiesen estado arriba, en la copa del árbol.

Después de un día tan agitado,
los Pocacosi se acostaron a dormir.
¡Dulces sueños, familia Pocacosi!

Este libro se terminó de imprimir
en el mes de marzo de 2013,
en los talleres de Imprenta Maval Ltda.
ubicados en Rivas 530,
Santiago, Chile